AF321074

LE
CONQUÉRANT
D'ECOSSE.

POEME.

A EDIMBOURG.

1745

LE CONQUERANT

D'ECOSSE,

POEME.

E crime affez longtems gouverna
l'Angleterre,
EDOUARD de ce Monftre ofe
purger la terre.

Sa naiffance, fon fang redemandent fes droits ;
Et la Juftice enfin va regner fous fes loix.

O-toi, divin Moteur dont la puiffance extrême
Ne connoît en tous lieux que ton vouloir fuprême,
Devant qui les Mortels & même les Héros
Ne font que grains de fable entraînés par les eaux ;
Qui releve les Rois de leurs propres ruines,
Et détruis à ton gré ces fuperbes machines :
Qui donnes tour à tour & la guerre & la paix,
Daigne de ton fecours appuyer fes projets.

A ij

Le Tyran * dans Hanovre au fein de l'injuftice
Puife tous les forfaits dont il eft le complice.
L'Avarice † attentive à groffir fes tréfors,
De fon corps criminel fait mouvoir les refforts.
Perfuadé que l'or eft le mafque du crime,
Il croit en affurer fon fceptre illégitime ;
C'eft avec ce fecours qu'il achete la voix
D'un peuple méprifable ¶, efclave de fes loix.
Lors fon cœur enyvré d'un pouvoir chimérique,
Croit lier tous les Rois à fon joug tyrannique.
Le Trône qu'il défend ne craint aucun écueil,
Mufe, venez ici détromper fon orgueil.

La Renommée au fon d'une trifte trompette
Annonçoit au Tyran fa honte & fa défaite ;
Peignoit à fon orgueil L O U I S victorieux,
Et verfoit dans fon fein un défefpoir affreux.
Lorfque fous les efforts d'une main fecourable **
La JUSTICE faifit ce moment favorable.

* Georges.

† Il a tiré de Londres plus de 1500000 fterlins.

¶ C'eft-à-dire fes Partifans.

** M. Perth qui a favorifé le paffage du Prétendant.

Veillant sur EDOUARD, attentive à son sort,
Elle frappe les airs, s'éleve & prend l'essor.
Sans perdre un seul instant la Déesse intrépide,
Vers le séjour des Dieux * conduit son vol rapide ;
Ses aîles que les vents portent vers son objet,
Ont parcouru bientôt un immense trajet.

Dans un jardin charmant la riante nature
Découvre au spectateur sa naïve peinture.
Philomele égayant l'écho d'un petit bois ,
D'un chant mélodieux imite le hautbois.
Les Zéphirs à l'envi par un bruyant murmure ,
Vont caresser les fleurs & nourir leur verdure.
De concert avec eux les paisibles ruisseaux
Font voir aux yeux leurs bords couronnés de ros-
    seaux.
L'heureux STUARD goûtoit dans ce séjour ai-
    mable ,
D'un air pur & serein le plaisir délectable.
La Justice le voit : elle descend des Cieux ,
Mille rayons de feu s'élancent de ses yeux ;
Elle tient d'une main la foudre & la balance ,
De l'autre un fer lévé pour venger l'innocence.

* Rome.   A iij

Juftement étonné, le Prince à fon afpect
Eft faifi tout-à-coup de crainte & de refpect.
La Déeffe d'un œil où brille l'affurance,
Reveille par ces mots toute fon efpérance.
» Sortez, Prince, fortez de ce fommeil profond :
» Venez chaffer un Roy que tout le Ciel confond.
Enrichi de vos biens, fier de votre Couronne,
Il ofe défier l'écueil qui l'environne.
La France que je venge, & que fuit le fuccès,
Vient fous mes Etendarts d'abattre fes projets.
Déjà l'Efcaut furpris a vu fuir fur fes rives,
Ses Généraux vaincus & fes Troupes craintives :
Et LOUIS dont le nom jette par tout l'effroy,
En graiffe de leur fang les champs de Fontenoy.
Profitez du moment que le Ciel vous préfente,
Par un heureux fuccès rempliffez mon attente,
Tandis que le Tyran étourdi de ces coups,
Semble avoir oublié votre puiffant courroux.
Que le fort qui n'abat que des ames débiles,
Qui rendit autrefois vos projets inutiles ;
Par le frappant tableau d'une panique peur,
N'éteigne point en vous une jufte valeur.

Faîtes dans votre cœur revivre l'efpérance :
Un deffein bien fuivi fixe fon inconftance.
Le Ciel eft ennemi d'un Tyran odieux ,
Il fuffit ; votre caufe intéreffe les Dieux.
L'Ecoffe dans les fers vous eft toujours fidelle ,
Allez la délivrer , la gloire vous appelle :
Son peuple vous attend, fes ports vous font ouverts ;
Courez vous fignaler dans mille affauts divers.
Bellone vous protege , & Minerve vous guide ,
Que ne pouvez-vous pas couvert de fon égide ?
Moi je vais dans les cœurs faire entendre ma
    voix ,
Et l'épée à la main défendre tous vos droits.
Elle dit. La Déeffe (hélas prefqu'inconnuë)
Difparoît, vole & va fe perdre dans la nuë.
Telle qu'on voit fouvent , lorfque par tous les
    Cieux
Les flambeaux de la nuit font pétiller leurs feux,
S'allumer tout à coup une flamme legere
Qui trace dans les airs un cercle de lumiere :
Telle cette Déeffe en quittant ce féjour ,
Fait briller fur fes pas tout l'éclat d'un beau jour

A iiij

Edouard attristé d'une si prompte absence,
Brûle de l'assurer de sa reconnoissance ;
Et son œil curieux s'égarant dans les airs,
La cherche vainement dans ces vastes déserts.
Enfin tout transporté d'une vigueur céleste,
Il adresse ces mots vers le Ciel qu'il atteste.
Favorable Déesse, accompagnez mes pas,
Je vais du sang Anglais * faire rougir mon bras.
Vos respectables loix sur moi ne sont point vaines ;
Une nouvelle ardeur bouillonne dans mes veines.
Il est tems d'enlever au Tyran orgueilleux,
Un sceptre que l'Enfer ravit sur mes Ayeux :
Ma naissance, mon sang est mon seul privilége ;
Le Monstre périra, si le Ciel me protége.
Il finissoit ces mots, lorsqu'un éclair soudain
Vient éblouir ses yeux par un jour incertain.
A l'instant il entend retentir dans la nuë,
Le tonnerre éclatant dont la terre est émuë.
Il se trouble, il regarde, il voit à ses côtés
Le portrait rayonnant de deux Divinités.

* C'est-à-dire l'Anglais rébelle.

L'une annonçoit Bellone, & l'autre étoit Minerve.

» Partons, Prince, il est tems, le repos vous énerve,

Dit la sage Pallas » tous nos vaisseaux sont prêts,

» Ne differez donc plus à venger vos Sujets ;

» Neptune vous attend, Eole vous devance,

» Et tous les Elemens prennent votre défense.

Ils partent.... quoi déja j'aperçois leurs vaisseaux

Fendre l'humide plaine & voler sur les eaux.

Vers les Côtes d'Irlande ils dirigent leurs voiles.

Déja tous les zéphirs se jouans dans les toiles ,

Les poussent à l'envi vers le terme fixé,

Et semblent applaudir au projet commencé :

Les Tritons attroupés que leur murmure appelle ,

Font agir mille bras, & signalent leur zéle.

Ils arrivent enfin. l'Ecosse & ses sujets

Reconnoissent Stuard à ses augustes traits.

Le fidele Orcadien quittant ses toits rustiques ,

Court lui renouveller cent sermens autentiques ;

L'Irlandais est tout prêt , appuyé du bon droit,

De verser tout son sang pour défendre son Roy.

 Alors l'heureux Stuard qu'un tel amour engage ,

Par ce touchant discours affermit leur courage,

Ecoſſois, mes chers fils, votre malheureux ſort
Me rappelle des maux plus cruels que la mort,
Vous verrai-je toujours gémir dans l'indigence,
Sous le poids accablant d'une autre dépendance ?
Que Georges ſur un Trône où Stuard doit regner ;
Sente votre courroux qu'il voudroit enchaîner ;
Vengez-vous, vengez-moi ; l'honneur vous y
      convie,
Reprenez ſous mes loix la liberté ravie.
Je viens dans cet eſpoir briſer vos fers affreux,
Et moins pour être Roy que pour vous rendre
      heureux.
Mon cœur hait de ces Rois la grandeur impor-
      tune.
Nourris dans les faveurs d'une égale fortune ;
L'éclat frape leurs yeux à peine encore ouverts ;
Ils ignorent les maux qu'ils n'ont jamais ſoufferts,
Et vous croyent heureux oppreſſés de miſere.
Moi je veux contre tous vous tenir lieu de pere ;
Les maux, même la mort ne peuvent m'étonner,
Si Stuard ſçait ſouffrir, Stuard ſçaura régner.
Secondez ſeulement mon audace guerriere,
Je vous promets le prix au bout de la carriere.

Il dit : ces derniers mots réveillent leurs douleurs ;
Dans toute l'assemblée on voit couler les pleurs.
Mais bientôt leur courroux seche ces vaines larmes,
Ils s'encouragent tous & courent à leurs armes.

   Megere des Enfers voit ces triftes complots ,
Elle rompt fes liens & fort de fes cachots.
Dans fes projets hardis fi ma main ne l'arrête ;
Periffent les ferpens qui fiflent fur ma tête !
Dit-elle : & tout-à-coup étend comme un drapeau ,
Ses ailes que toujours couvre une noire peau,
Ses deux bras font armés de deux flambeaux fu-
      nébres,
Dont les feux enfouffrés imitent les ténébres.
Vers Londres ce démon guide fes mouvemens ,
Et pouffe dans les airs mille affreux hurlemens.
Il arrive, & déjà fes ferpens par fon ordre,
Ont répandu par tout l'horreur & le défordre :
De concert avec eux la fuperftition ,
Monftre que de tout tems nourrit l'ambition ;
D'une loi pure & fainte odieufe Rivale ,
Epouvante les cœurs de fa voix infernale.

   Megere fans tarder, au milieu du fracas,
Vers le Palais du Roy précipite fes pas.

L'œil est surpris de voir , quand elle est éloignée ,
D'une noire vapeur une longue traînée.

Sur Georges furieux versant tout son venin ,
Elle apprend à son cœur le retour du destin ;
Qu'Edouard saisissant l'occasion offerte ,
S'occupe dans l'Ecosse à machiner sa perte.
Qu'il est de son honneur de reparer l'affront
Que cet avanturier * imprime sur son front,
Que son courroux vengeur à qui rien ne resiste ,
Peut confondre aisément ce rebelle Papiste;
Que pour regner en paix & dompter tous les
    cœurs ,
Il faut les effrayer de crimes & d'horreurs.

Le fier Tyran la croit ; & les yeux pleins de
    rage ,
Ils jurent par son Chef de venger cet outrage.
Déjà Cope s'avance avec cent bataillons
Dont Edouard vainqueur va joncher les sillons ;
Déjà des deux côtés, les soldats en présence ,
Font entendre leurs cris & leur impatience.

* C'est ainsi que Georges nomme le Conquérant.

Je vois la Mort s'armer de son tranchant fatal ;
Et son bras élevé n'attend que le signal.
Megere rassemblant ses Troupes criminelles ,
Par des coups redoublés frappe l'air de ses aîles ;
Et le coursier fougueux frémit & se débat.

Edouard assuré du succès du combat ,
Anime ses héros de la voix & du geste.
Si vous vainquez , dit-il , la liberté vous reste ;
Si vous êtes vaincus ; pour un noble dessein ,
Il est beau de mourir les armes à la main.
A l'instant ce Lion que la fureur transporte ,
S'élance le premier où sa valeur le porte.
La Parque qui le sert vole de rang en rang ;
Et sous son bras fumant coulent des flots de sang.

A travers les dangers l'Ecossois intrépide ,
Entasse mille morts sous sa hache homicide.
L'air mugit de leurs cris , les rangs sont confondus ;
Et je vois reculer les Anglais éperdus.
Cope déconcerté par trois fois les rallie ,
Et trois fois sous nos coups ce fier ennemi plie ,
Enfin presqu'expirans , d'un dessein résolu ,
Dans une sage fuite ils cherchent leur salut.

Cope rappelle en vain ces soldats indociles,

Ils ne connoissent plus ses ordres inutiles ;

Leurs coursiers haletans dont ils pressent le flanc,

Sauvent du fer vainqueur les restes de leur sang.

Mais quoi.... n'en doutons plus, la tyrannie expire,

Vingt escadrons soumis volent sous notre empire ; *

Le Prince leur fait voir, les comblant de bienfaits,

D'un amour paternel les sensibles effets.

Les Anglais tous lesjours attirés pas ces charmes,

Viennent lui consacrer & leurs bras & leurs armes ;

De la Justice seule ouvrage glorieux !

Notre jeune Héros favorisé des Dieux ,

Au milieu des combats couronné par la gloire,

En tous lieux devant lui fait marcher la Victoire,

Edimbourg est soumis & reconnoit sa loy,

Et par des cris de joye il est proclamé Roy,

Le Tyran en frémit, effrayé de l'orage ;

Et Megere vaincue en écume de rage.

* 1000 Anglais se rangerent au Conquérant volontaire-
ment après sa premiere victoire.

F I N.